青瓢

Aofukube

北川愛子句集

ふらんす堂

序

炉話を残し能登路を帰りけり　鋪土

昭和四十七年、俳誌「雪垣」を立ち上げた中西鋪土は外浦内浦を問わず、若い頃から能登を歩くこと数限りなかった。掲句は平成元年、鹿島町（現在の中能登町）二宮・長賢寺での句会の折、寺内の炉を囲んでの楽しい話の場を切り上げて帰らねばならない心残りの一句である。鋪土第五句集『黎明』に入集されている。

眉丈山見ゆるふるさと冬ざるる　愛子

能登はどこからであるか、一つに眉丈山からという説もある。眉丈山は石川県羽咋市、志賀町、中能登町に跨る名前の通り眉の形をしたなだらかな標高百八十八メートルの山である。その麓を郷里にしているのが北川愛子さんである。室生犀星の詩を借りるまでもなく、多少の屈折した感情があったとしても故里は誰にとっても良いものだ。

垣に足す竹の青さや波の花　愛子

かつて能登半島の外浦一帯では冬の強い北風から家を守るため、竹で風垣（間垣）といわれるものを設えていた。毎年その竹の古くなったものを抜き、新しい青竹と取り替える作業が行われる。それを「垣に足す」との表現、黙々と自然の中に順応し粘り強く働く能登人そのものを表わしているかのようである。

日蝕の影こぼしたる柿若葉　愛子

平成二十四年五月二十一日、日本全国で金環日蝕を観測することが出来た。金環日蝕を石川県で観測が出来たのは百二十九年振りだったと翌日の新聞にある。この幸運を柿若葉に焦点を当て日蝕の記録としても完成度の高い一句に仕立てた力量は注目してよい。

三椏の黄花赤花長谷観音　愛子

黄花の「は」、赤花の「は」、長谷観音の「は」、多分に稲畑汀子の〈三椏の花三三が九三三が九〉が念頭にあったと思われるが、その試みや良しとしたい。よく纏められた。

立春の我に一つの志　愛子
帰省子と卓袱台囲む京言葉　〃
海鳴りを背で聞きゐる初詣　〃
駅あとの裸電球林檎買ふ　〃
銀杏を一筵干す寺領かな　〃
入母屋の薪を廻らす冬支度　〃
天秤棒担ぎて重し珠洲の秋　〃
寝て涼し起きて寂しき生家かな　〃

能登で生まれ、金沢で生活する中で詠まれた数々の句から特に前の八句に注目したが、これらの句だけでなく、どの句も過剰な装飾を加えていないのが好ましい。言い方を換えれば風流や風雅といった気取りが見られない。すなわち俳句とは肩の力を抜いて、自然体で詠めば良いと教えてくれるのである。

司令部の白きカーテン盂蘭盆会　愛子
秋風の鳴咽となれり七七日　〃
春夕焼父の一度の肩車　〃

北川さんの句の殆どは読めば直ぐに理解出来る素直なものが多いが、前三句はその例外といってもよい。私がそんな句にも惹かれるのは読み手が作者と同等に一句の中に参加出来るからである。

その一句目、真っ先に思い浮かべるのは軍隊の司令部、開け放たれた窓には真っ白なカーテンが揺れ、長靴を鳴らしながら神経質そうに歩きまわる将校達、そしてこの句の季語は盂蘭盆会である。必然的に景色は戦前戦中の陸軍司令部にタイムスリップしてしまう。

二句目、「秋風の」の「の」が曲者であり、この句を支配していると言っても過言ではない。秋風が嗚咽のような音をたてて吹いているとの素直な解釈、作者もそれを望んでいると思える。しかし「の」の弱い切れで、嗚咽は親族の誰かのものではないか、と脳裏を刺激する。多くの参列者を前に気持が張りつめ、堪えていた葬儀での涙が親族だけの集りである七七日に一気に嗚咽になったとも読める。

三句目も作者の意図するところと違うかも知れない。誰にとっての父なのか。作者がセピア色のそんな思い出を今も大事に持っているならば羨ましい。

永き日の子豚の尻尾くるんくるん　愛子
九官鳥「はーい」と戸口雛の客　〃

ややおどけた句である。一読、誰の句かすぐに分かる型にはまった俳句を詠む人がいる。それはそれで誠に素敵な事だと思う。しかし反対に一つの型にはまらない俳句を楽しむ道も有っても良い。北川さんの俳句はその後者である。この二句はその最も顕著なものと言えよう。

北川愛子さんの俳句人生、もう二十年、まだ二十年。多作多捨で鍛えられてきた我々「雪垣」の仲間である。『小倉百人一首』に〈夜もすがらもの思ふころは明けやらで閨のひまさへつれなかりけり〉とある俊恵法師を、「俊恵はこの頃もただ初心の如く歌を案じ侍り」と鴨長明は評した。世阿弥の「初心忘るべからず」も良い言葉だ。

中西石松

令和六年四月

目次／青瓢

雪垣叢林第四十集

句集　青瓢

梅が香

平成十八年〜二十三年

立春の我に一つの志

瓢簞の苗植うる手の熱りかな

雛納めして広ごりぬ青畳

秋うららリュックの隅に長寿飴

新しき墓碑にやんまの来て止まる

義経の蟬折の笛秋深し

春浅し謡ながるる海鼠塀

しじみ蝶弁吉墳を慕ひ来る

梅花藻の流れに沿へる宿場町

手の平を離れぬ蛍父忌日

奥山に鉄塔一つほととぎす

帰省子と卓袱台囲む京言葉

渓流の音変はりたる牛膝

指定席譲られて観る風の盆

夢多き頃の学び舎秋ざくら

冬晴れの唐橋くぐる手漕ぎ船

眉丈山見ゆるふるさと冬ざるる

梅が香や鍬持つ影の長くなり

菜の花や看護師の業勤め上ぐ

身代りになりし道閑竹の秋

神鶏の砂浴びしたる芒種かな

新しき畝に夏蝶翅たたむ

雲を脱ぐ立山連峰立秋忌

すれ違ふ山高帽に赤とんぼ

冬ざれの水面明かりや浮御堂

土寄せの葱のお喋り聞こえさう

あふれたる力や練馬大根引

海鳴りを背で聞きゐる初詣

松の内成長したる子と将棋

神おはすてふ凍滝のエメラルド

ものの種蒔きて安堵の雨となり

蘖や母系の従兄弟十五人

振り上ぐる杵の高さや仏生会

磯桶の栄螺這ひ出す日和かな

嫁ぎゆく子の誕生日花南天

ピアノ曲洩るる竹垣のうぜん花

主無き入母屋を守る合歓の花

舗土の碑へ襟を正して夏木立

弾痕の蛤御門蟬しぐれ

司令部の白きカーテン盂蘭盆会

復元の奈良朱雀門鳥渡る

アルプスへ地球儀の旅残暑かな

菊師来て竜馬の五臓入れ替へす

初霜に響く声明来迎院

冬満月比叡山並浮き上がる

つかまりし幹に温みや冬木の芽

冬すみれ鈴鹿山脈うすす化粧

寒月や平家の郷の自在鉤

冬蝶のあやとりはしの袂より
京は晴れ余呉の湖にて吹雪きけり

玄関に目鼻付かずの雪だるま

初護摩や煙の奥に常の顔

唐崎の松あをあをと明けの春

鴨川に風花の舞ふ草城忌

差し掛かる土居の階笹子かな

大文字山真向ひに松剪定

回廊の鶯張りの冴返る

初つばめ玻璃戸一尺開くる朝

靖碑へ寄する潮騒花大根

醤油屋の藍染暖簾つばめ来る

目立て屋の看板古りて遠蛙

報知機の上の子燕口そろふ

篳簗でお田植神事始まりぬ

薫風や藤村の詩口遊む

嬰眠る江戸風鈴の鳴り通し

叡山に里坊あまた小鳥来る

達磨市小さき福を求めけり

大方は裏側見せて朴落葉

青葉潮

平成二十四年～二十八年

川波に朝日耀ふ大試験

春疾風社の裏に煙立つ

満開の桜の下の蛸焼屋

日蝕の影こぼしたる柿若葉

悴むや手術待つ間の靴の音

救はれし命尊し冬銀河

節料理焼き鯛の反り美しく
境内を赤く彩る達磨市

垣に足す竹の青さや波の花

退職の夫の半生緑立つ

春驟雨鵐尾を仰ぎて帰りけり

アカシアの芽吹きや円き水平線

六人で囲む大杉風薫る

吹流し仰ぐ坂道仏舞

青鷺の番となれり巴塚

はつきりと種鮎とあり一軒家

喪の家に夕顔の花咲き続く

義兄 逝く

秋風の嗚咽となれり七七日

歯科医院待合室に赤とんぼ

南典二先生を悼む

秋惜しむ鳥打帽の笑顔かな

野分あと空抜けにけりぬけにけり

白木槿揺れ通しなる流刑の地

紅葉散る富士に対峙の天下茶屋

牡蠣爆ぜて一斉に顔引きにけり

春待つや子宝石に五円玉

雪おろし榑屋根の空広くなり

紙漉き女五指のささくれ庇ひたり

手作りの黒文字の箸山笑ふ

春暁や赤子をふはり抱き上ぐる

青葉潮能登一周の旅始め

黄揚羽の寄り道したる磨崖仏

湧水にリズムありけり花山葵

秋しぐれ棚田へ落つる鳥の影

沼空の碑にたはむるる赤蜻蛉

駅あとの裸電球林檎買ふ

黒豆の噴きて溢るる年用意

箔打ちに携はる日や寒の雨

涅槃会や迦陵頻伽の空翔る

啓蟄の日向に干せる産衣かな

彼岸寺胎内くぐる四世代

三椏の黄花赤花長谷観音

醬蔵にジャズ楽団や風光る

鶯のケキョの短し鍬浸す

初蝶の蓮如廟より生れにけり

稚児百合や仏御前のお産石

馬鈴薯の花のけぶらふ砂丘かな

隠沼の底の明るし夏落葉

むらさきの明けの静寂や時鳥

白南風や飛驒山脈の底を行く

百日紅親王塚の錠あらた

色変へぬ松や御堂に眠る嬰

バス降りる嫗の胸に赤い羽根

雪吊の影の聳ゆる水面かな

時雨忌の牛首紬筬の音

うら若き調律師来る冬日和

兄・姉の死

生きたしと兄の口癖夕千鳥

慕ひたる傘寿の別れ冬桜

大寒の入日拝みて風に立つ

激つ瀬の音に膨らむ蕗のたう

一升餅背負ふ幼や春兆す

春の風邪昨日の日記怠りて
つくづくし湛ふる水の光り合ふ

春の月妙義連山鋸《のこ》に似て
風つかむパラグライダー遠霞

源平の戦の道や雉走る

田を植ゑて我を産みしと母の声

石垣の四段構へや濃あぢさゐ

御詠歌や観音通り水を打つ

三軒に減りし農家の袋掛

転びし児握りしめたる蟬の殼

かなかなや殉難乙女の像高し

手繰りたる通草の蔓へ空傾ぐ

猪吊す丹沢村の赤提灯

禅寺の裏コスモスの返り花

福耳に日の透き通る冬薔薇

三畳を熊の毛皮の湯治宿

冬ぬくし仏足石の千輻輪

山峡に生きてひとりや注連飾る

水ゑくぼ

平成二十九年〜令和元年

立春大吉渚へ浪のころげたり

あたたかや五重塔の開かれて

見はるかす海の碧さや揚雲雀

春神事をろち退治の矢の的中

バス待てる母子の時間春満月

能州に春呼ぶ蛇の目神事かな

河骨の咲き初めし時水ゑくぼ

蓮巻葉胸底にある師の言葉

羽衣のやうに吹かるる蛇の殻

夏霧を慈母観音の抜きんづる

蓮の葉の下に広ごる小宇宙

神主の祝詞声高はじかみ祭

新涼や飛び立つ鳥の一途なる

蒼天へ板切子鳴る師の墓域

山廬へ吟行　四句

吾亦紅普羅の通ひし山廬みち

扁額に山廬の二文字秋高し

狐川の浅瀬に拾ふ鬼胡桃

蛇笏忌を過ぎし甲州秋夕焼

日溜りへ紅葉且つ散る白川郷

万両の実のまだ青し犀星碑

日脚伸ぶ古書店で見る花図鑑

春潮へ漕ぎ出す如き家持碑

春光や背筋伸ばして一万歩

白山を間近に仰ぐ苗木市

ホワイトデー妻に内緒の小箱買ふ

花冷や庄屋の庭の三竦み

十薬や翁のまもる道祖神

甚兵衛鮫の青の世界や夏長ける

美しき季語に浸るや涼新た
谷間に籠もる水音蕎麦の花

銀杏を一筵干す寺領かな

片脚は戦の谷へ秋の虹

一山をコスモス畑の大迷路

入母屋の薪を廻らす冬支度

大風の去りて繕ふ瓢棚

うなぎ屋の雲形肘木実山椒

天領の崖の高きに野紺菊

秋惜しむ女工哀史の碑を囲み

盆栽に乾涸びしまま鵙の贄

獅子吼嶺を被ひて秋の二重虹

雪垣の森や宮司の落葉焚

千年の鎮守に棲める枯蟷螂

片時雨青空のぞく鼓門

白鳥のこゑ暮れ残る邑知潟

初蹴鞠禰宜の革靴もろともに
加賀鳶の勇姿六日の空自在

冬ぬくし童の笑まふ自画像展

寒の水飲み干す朝の喉仏

鳴き砂の悲哀伝説春寒し

龍太忌や眩しき白根山の嶺

湯浴みして母子の歌ふ雛祭

犀川の風に捲るる柳の芽

三椏の花軒下に和紙の里

桜蕊降る結界の石ひとつ

かたかごの花や水脈引く屋形船

酸模を食む高原のゴーカート

棚田より仰ぐ立山みどりの日

鉄線を咲かせ内より箔の音

旧観坊雨戸の黴を開け放つ
柏手の四拍揃ふ青嵐

筒鳥や走り根太き葵塚

榑屋根の僧坊に干す夏蕨

火伏せ神じつと待ちゐる蟻地獄

若者の夢は木地師や雲の峰

牧場の山羊に餌やる夏期休暇

外つ国へ繋がる電話秋初め

盆の月道曲がるまで手を振る子

秋うらら児に書く仮名のはがきかな

うぶすなの古刹改装いぼむしり

山奥の空稲架十段夕日影

秋澄むや塩の結晶四角錐

珠洲へ吟行　三句

天秤棒担ぎて重し珠洲の秋

秋空へ海水を撒く試しかな

蒼天へ無花果笑むやほまち畑

しぐるるや旅三日目の蕎麦啜る

鯆の骨抜き呉るる朝市女

初鏡よはひ百てふ時代くる

風紋の幾何学模様ゆりかもめ

柿落葉風の箒に掃かれけり

雪まつり雪に揚げたるアドバルーン

鰤起し

令和二年〜三年

遠足の能登の甘塩にぎり飯

永き日の子豚の尻尾くるんくるん

先駆けて阿蘇より届く花信かな

春ごたつ腹出す癖の座敷犬

母の日にわたす折紙カーネーション
家宝なる御櫃に入れて豆ごはん

清流の清流と合ふ夏野かな

倶利伽羅の布陣の跡や青大将

巫女二人茅の輪の道を清めたり

大杓文字吊す法堂鐘涼し

賤ヶ岳夏霧晴れて戦の碑

夏草や太古の化石眠る山

朝顔や一日だけの恋をして
トラックの荷台で運ぶ朝顔展

一斉に振り向く地蔵秋の蝶

残暑なほ大八車の豆腐売り

照もみぢ工芸館で待合せ
練兵場あとの土塁や鵙猛る

秋日和ミーアキャットの同じ向き

神苑のタイムカプセル山眠る

年詰まる茶房に兜太百句選

キューポラの町に灯ともる年の暮

初電車ふるさとの山起立せり

年新た道祖神にも赤マスク

コロナ禍の数の増えたる年賀状
人日のリモートであふ絆かな

閉校の湯飲みに校歌春暖炉

九官鳥「はーい」と戸口雛の客

雛段に加ふるかぐや姫の本

雨上がり光を泳ぐ紋黄蝶

東宮の御手植松や鳥の恋
ぽん菓子の爆音待てる遅日かな

春夕焼父の一度の肩車

火星ゆき切符当たりし春の夢

花疲れ一つの椅子を二人して

春潮のひねもす朱き浮子ひとつ

笹の葉に包む若鮎跳ねてをり

腰下ろす横に早蕨やはり採る

心眼も心耳もこころ風光る

三人の子の髪切りてこどもの日

恐竜の足下にゐて夏来る

早乙女の白き腓を泥に入れ

浮いて来い親を選びて子の生る

信州の虚空嗄らして羽抜鶏

滴りや輝く磨崖仏の胸

つりしのぶ袋小路の茶の師匠

万緑や鏡花の句碑のゆるぎなく

六月やすつくと伸びし子の手足

寝て涼し起きて寂しき生家かな

反抗期のやうに弾けし鳳仙花

鍬肩に巡る棚田や落し水

細胞の不思議をほぐす金糸瓜

パンケーキ焦げし厄日の雨催ひ

潮騒の能登に生まれて今年米

半鐘を吊す山里柿熟るる

鉢巻の魚網つくろふ島の秋

蓮の実の音立てて飛ぶ典二の忌

星月夜変はらぬ過去と変はる人

水の秋半獣半魚のマーライオン

掬ひたる川の日輪鮭跳ぬる

原子炉の林にひらく月夜茸

白山の水のひびきや葱洗ふ

解禁の競りに泡吹く加能蟹

月蝕の黄昏どきを着ぶくれて

漆黒の湾を貫く鰤起し

七尾湾身を切る風や牡蠣割女

福寿草

令和四年〜六年

街道を一糸乱れぬ帰雁かな

俎板に野の香ちりばむ蕗の薹

麗かや野には野の色萌え始む

畑作をやめると言ひつつ耕せり

遠くより呼ぶ声に覚め涅槃西風

絶版の背表紙に印春惜しむ

放流のなかなか出でぬ稚鮎かな

町バスの巣燕の軒すれすれに

姥百合に木洩れ日揺るる城址かな

ピッケルの漢列なす山開

立葵うしろに母のゐるやうな

青岬水平線の三百度

すれ違ふ人を見てゐる水中花

マッチ箱引かせて強き兜虫

向日葵を低く咲かせる幼稚園

地震あとの復興すすむ祭笛

新幹線の尾灯見送る夏の果

疾すぎて駅名読めぬ竹の春

初もみぢ川床に脚ぶらぶらと

実ざくろや空に羊の大移動

秋蝶に見とれ石段踏み外す

退院の無事を喜ぶ今日の月

炊飯の釜の真ん中むかご入れ

秋草や虚子の真筆細やかに

掛け声の人数勝る甘藷掘

ひよんの笛一音ごとの帰心かな

小春日の五彩の雲や医王山

掛軸の寒山拾得今朝の冬

霜月の皇帝ダリア天を刺す

咳ひとつ夜半の静寂へ錠下ろす

比良颪木の葉となりて散る雀

白山の神神しき日日記買ふ

母と子の匂ひ似てゐる竜の玉

たまゆらを冬蝶と歩す心字池

白鳥の天使のやうに羽撃けり

願ひ事つぶやきをれば冬の虹

風邪の神に内緒で集ふヨガ始め

環状線延びて孤高の冬夕焼

彼の世より授かりし子や福寿草

冬うらら未来の巨匠絵画展

白峰の新雪被る恐竜像
草の上の雪を喜ぶもみぢの手

ひよつとこの面飾りあり雪の店

断水へ寒九の水を届けたり

春寒し身に纏ひたる母のもの
切り開く音の近しや花すみれ

春の昼もう乗れぬほど石に亀

畑打の足裏より聞く地の鼓動

春一番音立てて行く旅鞄

清明や優しき言葉子にもらふ

春昼の厨より入る父の家

裏山の楽しみ増ゆる匂鳥

二人居の一人の夕べ亀鳴けり

午後からの講義始まる目借時

近江へ吟行　三句

ゆつたりと緑蔭を漕ぐ艪のきしみ

船頭の声に被さる葭雀

実梅落つ信楽焼の露天の湯

買ひ足せる氷室饅頭初誕生

配達夫瓢の花に声かけて
滴りの山借景に能舞台

半夏生沖の漁火闇照らす
何もかも鮮やかなりぬ夕立あと

賑はひの魚市辻の花氷
あいの風改札口を能登ことば

天瓜粉子を転がして抱き上ぐる

墓に挿す蠟燭の反る極暑かな

伝へ継ぐことも務めや終戦日

覚えたる抜け道通る墓参かな

ボサノバのギター演奏千代女の忌

青瓢三尺にある種の未来

水浅き辰巳用水石蕗の花

一部屋に集まる家族おでん煮る

凜凜しきは卒業生の喉仏

木の芽雨卵の殻のつるり剝け

半島の地震に耐へたる雪割草

天と地を風のなかだち夏木立

私が俳句を始めたのは、職場の友人に句会に誘われたことがきっかけです。俳句には興味があったので、試しに参加したいと思い、気軽に返事をしました。

平成二十年に職を辞してからは、「雪垣」の玉川句会と雪垣北聲会へも参加させて頂くこととなりましたが、はじめのうちは俳句については知識が浅く、恐る恐るの参加でした。

当時「雪垣」の主幹をされていた南典二先生は、俳句を始めたばかりの私にも、一句一句懇切丁寧に御指導下さいました。「雪垣」を立ち上げた中西舗土は前田普羅の作句精神に傾倒していて、風土を詠むことを作句理念とされていました。南先生は中西舗土の作風を踏襲されており、句会では口癖のように、「俳句は作句にも選評にも俳句に対する愛がなければならない」とおっしゃっていました。先生のそのお言葉は今も私の俳句に向かう姿勢の根底をなしています。

南先生亡き後は雪垣北聲会で、「雪垣」代表の宮地英子先生に教えて頂きました。

一句でもお褒めの言葉を頂くととても嬉しかったことを思い出します。

現在の「雪垣」の主宰、中西石松先生はこの句集のために「雪垣」の作品の中より三百六十八句を選んで下さいました。また、序文も書いて頂きました。ここに雪垣叢林第四十集『青瓢』を上梓できますことは、誠に身に余る光栄で感謝致しております。

句友の方々にも俳句を教えて頂き、皆様のおかげと思っています。大変有難く、心より御礼申し上げます。今後も俳句を続けて行く所存です。

俳句を習ってからは、自然や故郷の風景、吟行、家族のこと等、心を動かされたことを俳句に表現して来ました。

退職後に旅行の機会を持つことができたことも大いに作句の助けとなりました。

そして予てより、私の七十歳の人生の節目として、句集を作りたいと思っていました。そんな折、「雪垣」の中西 お許しを得、又夫と家族より背中を押さ りました。

あとがき

得意としていたことから名付けまし

果師）鹿島路句会を四人で立ち上げ

たと記録にあります。戦後、戦地より帰還した人たちと「蟻乃塔」を再開し、最盛期には五十名の句友らと切磋琢磨していたと聞きました。その合同句集が今も本棚にあります。父の作った千成り瓢簟は今も黒味を帯びて生家に飾られています。私もいつかは父の気持ちに近付きたいと思い、苦心しながら三尺の瓢簟をようやく作ることができました。父が好きだった俳句と瓢簟。この句集が出来上がったら一番に父の仏前に捧げよう。きっと父も喜んでくれると思います。

この句集出版にあたり、イラストは、姪福島房乃と、孫森田晃多が画いてくれました。またふらんす堂の皆様には、丁寧に何度も御指導頂き感謝の念に堪えません。

最後になりましたが、能登は私の故郷です。この度の震度七の能登半島地震で様変わりした能登の姿に胸が痛みます。被災された皆様に心よりお見舞い申し上げます。

令和六年五月

北川愛子

著者略歴

北川愛子（きたがわ・あいこ）　旧姓　備後

昭和26年　石川県（現）羽咋市鹿島路町生まれ
平成20年　「雪垣」入会
平成25年　「雪垣」同人

現　　在　俳人協会会員　石川県俳人協会理事
　　　　　石川県俳文学協会理事

現 住 所　〒920-0004
　　　　　石川県金沢市疋田町ロ143

句集　青瓢　あおふくべ　雪垣叢林第四十集

二〇二四年九月一六日　初版発行

著　者――北川愛子

発行人――山岡喜美子

発行所――ふらんす堂

〒182-0002 東京都調布市仙川町一―一五―三八―二F

電　話――〇三（三三二六）九〇六一　FAX〇三（三三二六）六九一九

ホームページ https://furansudo.com/　E-mail info@furansudo.com

振　替――〇〇一七〇―一―一八四一七三

装　幀――君嶋真理子

印刷所――日本ハイコム㈱

製本所――㈱松岳社

定　価――本体二八〇〇円+税

ISBN978-4-7814-1674-8　C0092　¥2800E